Publié pour la première fois en langue allemande sous le titre *Und was kommt nach tausend ?*
© 2005, Ravensburger Buchverlag Otto Maier GmbH, Ravensburg (Allemagne) – Texte et illustrations d'Anette Bley. Tous droits réservés.
© 2009, Hachette Livre pour l'édition française – Adaptation française : Marie-France Floury
ISBN : 978-2-01-226306-2 – Dépôt légal : Janvier 2009 – Édition 01
Loi n° 49-956 du 16 juillet 1949 sur les publications destinées à la jeunesse.
Imprimé en Italie.

Anette Bley

QUAND JE NE SERAI PLUS LÁ...

HACHETTE
Jeunesse

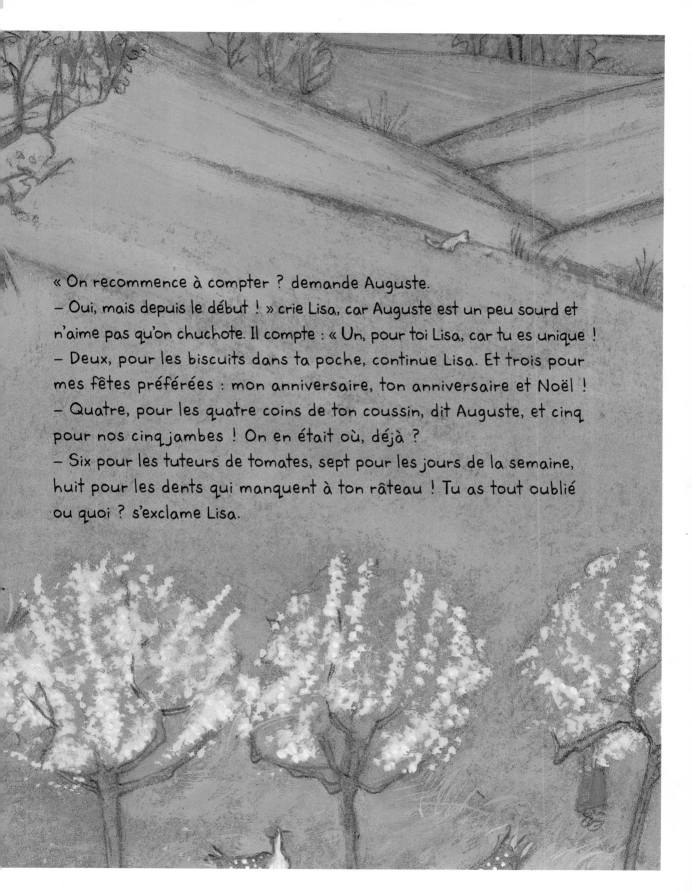

« On recommence à compter ? demande Auguste.

– Oui, mais depuis le début ! » crie Lisa, car Auguste est un peu sourd et n'aime pas qu'on chuchote. Il compte : « Un, pour toi Lisa, car tu es unique !

– Deux, pour les biscuits dans ta poche, continue Lisa. Et trois pour mes fêtes préférées : mon anniversaire, ton anniversaire et Noël !

– Quatre, pour les quatre coins de ton coussin, dit Auguste, et cinq pour nos cinq jambes ! On en était où, déjà ?

– Six pour les tuteurs de tomates, sept pour les jours de la semaine, huit pour les dents qui manquent à ton râteau ! Tu as tout oublié ou quoi ? s'exclame Lisa.

On en était à seize », murmure-t-elle.
Soudain elle saute du banc et s'écrie : « Allez !
On recommence ! Un ! Pour un coup dans le bison de fer !»
Et Lisa ôte son lance-pierres du crochet,
puis s'éloigne dans le jardin.

Au départ, Lisa voulait un arc comme le petit voisin.
Mais Auguste a dit que ce n'était pas une bonne idée.
« Quand tu joueras dehors, tu risques de perdre tes flèches !
Un véritable Indien ne doit manquer de rien. »
En disant cela, il a ramassé une pierre sur le sol. Quelques jours
plus tard, il avait fabriqué un lance-pierres pour Lisa.

Lisa se débrouille plutôt bien avec son lance-pierres. Mais aujourd'hui
encore, elle n'atteint pas le bison de fer. « Alors ! demande Auguste. Tu l'as eu ?
– Nooon ! râle la petite fille. Ça fait au moins mille fois que je le rate ! »
Auguste sourit, l'air coquin, et sort deux biscuits de sa poche :
« Je les ai chipés à Marie. Chut ! »
« Les biscuits, c'est chouette pour se consoler ! » pense Lisa.

Il fait presque nuit maintenant. Auguste et Lisa regardent
les premières étoiles apparaître jusqu'à ce que le ciel tout entier scintille.
« Combien y a-t-il d'étoiles là-haut ? demande Lisa.
– Mille, répond Auguste. Peut-être même plus !

– Et après mille, qu'est-ce qu'il y a ? demande Lisa.
– Mille un, mille deux, mille trois, mille…
– Mais alors, les chiffres ne s'arrêtent jamais ?
poursuit Lisa, stupéfaite.
– Non, les chiffres ne s'arrêtent jamais ! »

Ce matin, Auguste ratisse l'herbe fraîchement coupée. Elle sent bon.
« Cela fera un bon engrais pour la terre », dit-il. Auguste connaît tout
du jardin. Pourquoi on garde l'herbe coupée pour nourrir la terre, comment
les petites graines deviennent de grands arbres, et où les abeilles fabriquent
le miel. Mais Lisa ne pense plus qu'à une seule chose : atteindre
de sa pierre le bison de fer !

« Aujourd'hui, ça va marcher ! décide-t-elle.
— Et si tu essayais de ce côté ? » demande Auguste.

Tous deux se glissent alors doucement contre le vent et se blottissent
dans l'herbe. Lisa vise lentement. Le bison est exactement dans sa ligne de mire…
Tout à coup, paf ! Sa pierre arrive droit dans le mille !
« Nom d'un petit bouchon ! s'exclame Auguste.

– Un ! crie Lisa, un pour mon premier coup dans le bison de fer ! »
Elle saute de joie et entraîne Auguste avec elle :
« Dansons comme les Indiens pour fêter ma victoire ! »
Puis, épuisés, ils s'allongent tous les deux sous un arbre et regardent le ciel
à travers le feuillage.

« Auguste, demande Lisa. Comment faire
pour transporter le bison au sommet de l'arbre ?
— Pourquoi veux-tu l'emporter là-haut ?
s'étonne Auguste.

– C'est toi qui m'as raconté que les Indiens installent leurs morts à la cime des arbres et que les oiseaux emportent leur âme dans le ciel. »

C'est vrai. Auguste se souvient de cette histoire. « Oui, Lisa, mais c'est une coutume pour les hommes, pas pour les bisons.

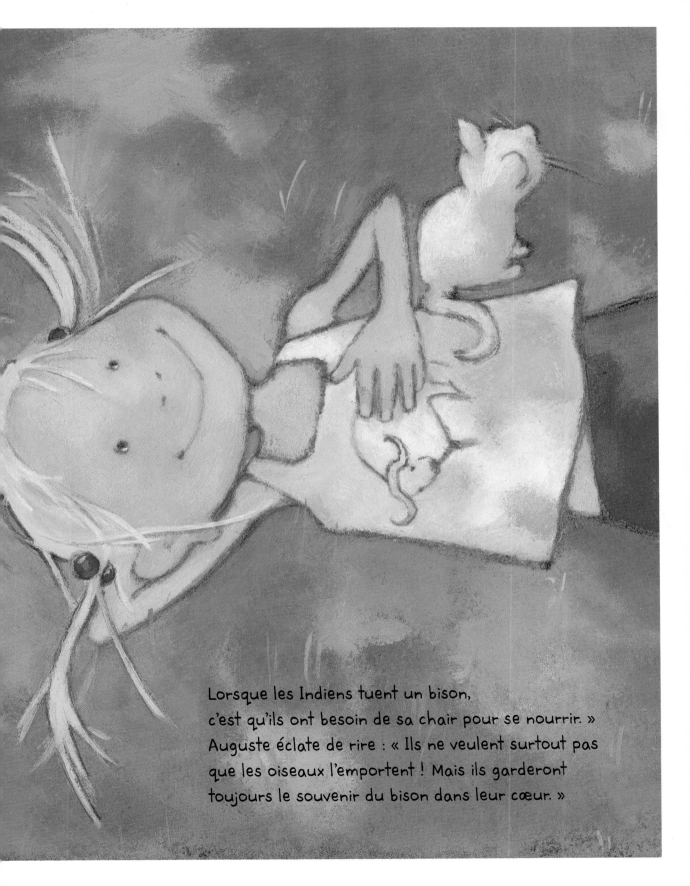

Lorsque les Indiens tuent un bison,
c'est qu'ils ont besoin de sa chair pour se nourrir. »
Auguste éclate de rire : « Ils ne veulent surtout pas
que les oiseaux l'emportent ! Mais ils garderont
toujours le souvenir du bison dans leur cœur. »

« Toi, tu as bien besoin d'un remontant ! » Marie dit toujours ça à Auguste lorsqu'il est un peu pâle. Heureusement, elle a préparé un bon goûter à la cuisine. Aujourd'hui, c'est elle qui terminera le travail au jardin. Quinze, seize, dix-sept ! Lisa et Auguste comptent les noyaux dans leur assiette.
« Auguste, d'où viennent les chiffres ? » demande Lisa. Auguste réfléchit un instant, puis répond : « Je crois qu'ils sont en nous, tout simplement. »

Aujourd'hui, Auguste ne quitte pas son lit. Même
les groseilles du jardin ne lui font pas envie. Les jours
suivants, c'est la même chose et il ne parle pas beaucoup.
« Est-ce que tu vas mourir bientôt ? demande Lisa
en caressant sa main.
– Mhmm, dit Auguste en hochant la tête.
Je crois bien que oui.

– On devra te porter tout en haut d'un arbre ? s'inquiète Lisa.
– Non, répond Auguste en souriant. Être emporté dans le ciel
   par les oiseaux, c'est bon pour les Indiens. Moi, je suis un jardinier !
   Je reposerai dans la terre. Et un jour, on y verra pousser
   des fleurs… si tu y as planté quelques graines, bien sûr ! »

De temps en temps, Lisa prend la main d'Auguste dans la sienne.

Aujourd'hui, Auguste est mort. La maison est silencieuse.

Marie serre Lisa dans ses bras. Elles le regardent longtemps.

On dirait qu'il sourit un peu. Il est pâle.

Mais cette fois, Marie lui dit très doucement : « Adieu, Auguste ! »

Beaucoup de gens viennent à l'enterrement d'Auguste. Certains n'ont jamais
vu Lisa. Ils ont tous l'air terriblement sérieux et parlent à voix basse.
« Ne chuchotez pas ! leur déclare-t-elle. Auguste n'aime pas ça du tout ! »
Mais les étrangers la dévisagent. Lisa est furieuse. Elle file dans le jardin pour
tirer sur le bison de fer. Et incroyable ! Elle fait mouche encore une fois !

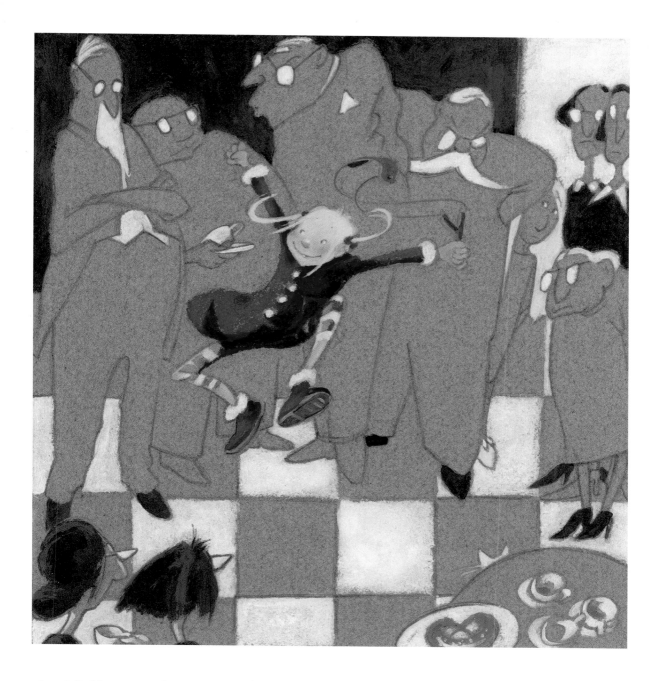

La fillette revient en courant dans le salon et danse joyeusement au milieu de l'assemblée. Mais les étrangers ne comprennent rien. Auguste, lui, aurait dansé avec elle !

Marie s'approche enfin. « Personne ne me comprend, se plaint Lisa. Pourquoi Auguste m'a-t-il laissée toute seule ? »

Le soir, tous les étrangers repartent chez eux. Marie et Lisa sortent dans le jardin. Elles s'assoient toutes les deux dans l'herbe. Lisa pose sa tête sur l'épaule de Marie.
« Le jardin est moche sans Auguste », dit Lisa.

Marie et Lisa pleurent. Derrière leurs larmes, le jardin est comme un tableau flou aux couleurs délavées.

« Pourquoi Auguste m'a-t-il laissée toute seule ? demande une nouvelle fois Lisa.

– Laissée toute seule ! répond Marie, pensive. Oui, cela y ressemble, mais je ne peux y croire tout à fait.

Je crois juste que nous ne pouvons plus le voir.

– Pourquoi ? demande Lisa. Est-ce qu'il vit encore ?

– Ferme les yeux et pense très fort à un gâteau », propose Marie.

Lisa plisse le front.

« Alors, que vois-tu ?

– Je vois un énorme gâteau aux cerises,
avec beaucoup de sucre, de beurre et de crème.
– Et dessus ? Chantilly, petits bonbons ou miel ?
– Plein de chocolat ! » répond Lisa.
Marie sourit. « Tu vois, dit-elle. Le gâteau est bien
là dans ta tête, même si tu ne peux pas le voir ! »

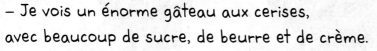

L'une après l'autre, les étoiles apparaissent dans
le ciel. Lisa pense à Auguste, à leurs cinq jambes
et aux deux biscuits qu'il chipait toujours. À présent,
elle le sent tout près d'elle.
« J'ai compris, Marie, dit-elle doucement. Avec Auguste,
c'est comme avec les chiffres, il est en nous, tout simplement.
Et ça ne s'arrêtera jamais ! »